# ¡MI AMIGO ROBOT!

La autora quisiera agradecer a la experta en robótica **Dra. Stefanie Tellex**, al físico e ingeniero **Dr. Adrian Parker** y al carpintero **Nathanael Fedor** por revisar la precisión científica de este libro y por su ayuda en las notas al final del texto.

Barefoot Books
23 Bradford Street, 2nd Floor
Concord, MA 01742

Derechos de autor del texto © 2017 de Sunny Scribens
Derechos de autor de las ilustraciones © 2017 de Hui Skipp
Se hacen valer los derechos morales
de Sunny Scribens y de Hui Skipp

Cantado por Susana Manzo
Grabado, mezclado y masterizado por
Michael y Daniel Flannery
Animación por Sophie Marsh, Bristol, UK

Publicado por primera vez en los Estados Unidos
de América por Barefoot, Inc. en 2017

Esta edición en rústica en español
se publicó en 2024
Todos los derechos reservados

Diseño gráfico de
Sarah Soldano, Barefoot Books
Traducido por María A. Pérez
Edición y dirección artística de
Kate DePalma, Barefoot Books
Reproducción por
Bright Arts, Hong Kong
Impreso en China
La composición tipográfica
de este libro se realizó en Alegreya Sans,
Negrita Pro y Sanchez
Las ilustraciones se realizaron
en acrílicos y collage digital

Edición en rústica en español
ISBN 979-8-88859-113-0
Libro electrónico en español
ISBN 979-8-88859-123-9

La información de la catalogación
de la Biblioteca del Congreso se
encuentra en LCCN 2023946829

135798642

Visita **www.barefootbooks.com/amigorobot** para acceder al audio y a la animación de la canción en línea.

**Para mi Nick**
— S. S.

**Para toda mi familia**
— H. S.

# ¡MI AMIGO ROBOT!

Escrito por
**Sunny Scribens**

Ilustrado por
**Hui Skipp**

Cantado por
**Susana Manzo**

Traducido por
**María A. Pérez**

Barefoot Books
step inside a story

¿Quién nos puede ayudar
con la casa, con la casa?

¿Quién nos puede ayudar?

**Vamos a partir los leños, estos leños, con empeño.**

¿Quién nos puede ayudar?
Mi amigo Robot... ¡y una cuña!

Y entre todos los llevamos,
los llevamos, ¡a eso vamos!

¿Quién nos puede ayudar?
Mi amigo Robot... *¡y un carro!*

Es hora de hacer la base,
una base, que bien case.

¿Quién nos puede ayudar?
Mi amigo Robot... *¡y tornillos!*

Luego hacemos las paredes,
las paredes, ¡siempre fuertes!

¿Quién nos puede ayudar?
Mi amigo Robot... ¡y un martillo!

Le ponemos techo estable,
muy estable, ¡impermeable!

¿Quién nos puede ayudar?
Mi amigo Robot... ¡y una escalera!

**Hora de izar la bandera,
 la bandera, ¡no hay manera!**

¿Quién nos puede ayudar?
Mi amigo Robot... ¡y una polea!

El perrito está asustado,
asustado, ¡ten cuidado!

¿Quién lo puede ayudar?
Mi amigo Robot ... *no sabe.*

Acarícialo muy suave, suavecito, ¡esa es la clave!

Dile que todo está bien.
¡Así, Robot!

Hoy nos hemos divertido,
divertido, ¡gracias a todos!

Ya está todo construido.
¡Adiós, Robot!

 # Máquinas simples

Cuando piensas en una máquina, seguramente piensas en algo complicado, como un motor o una impresora. Pero toda máquina consta de lo que llamamos "máquinas simples": aparatos sencillos que nos facilitan el trabajo. Las seis máquinas más importantes son: la cuña, el torno, el tornillo, la palanca, el plano inclinado y la polea.

La mayoría de las herramientas que empleamos a diario son máquinas compuestas en las que se combinan dos o más máquinas simples, como las tijeras (palanca y cuña) y las podadoras (torno, polea y palanca). ¿Cuántas máquinas simples y compuestas usan los niños de este cuento para construir su casita? ¿Cuántas tienes en tu casa?

## Cuña
La cuña tiene forma triangular. Algunas cuñas, como las hachas, separan las cosas: se mete el lado delgado en las grietas o fisuras y se usa el lado grueso para empujar y separar las partes. Otras cuñas, como los topes de las puertas, sujetan las cosas.

## Torno
Las ruedas, al ser redondas y lisas, se mueven sobre las superficies más fácilmente que otras figuras. Si pegas una barra a una rueda para hacerla girar, has hecho un torno. Los tornos hacen posible que las ruedas se conecten a otros objetos y así muevan cargas grandes fácilmente.

## Tornillo

Si observas un tornillo, verás un pequeño canal en espiral que le va dando la vuelta. El canal te permite meter de manera segura un tornillo en la madera y otros materiales girándolo, en lugar de aplicarle fuerza de arriba hacia abajo como harías con un martillo y un clavo.

## Palanca

Una palanca es un palo o tabla que te ayuda a levantar cosas pesadas. Cuanto más larga sea la palanca, más útil es. Por eso es tan larga la tabla del subibaja: te ayuda a levantar a la otra persona fácilmente.

## Plano inclinado

Un plano inclinado no es un llano. Es una pendiente o cuesta que hace más fácil pasar de un lugar bajo a uno más alto. La rampa y la escalera son ejemplos de planos inclinados.

## Polea

Ponle una soga a una rueda y tendrás una nueva máquina: ¡una polea! Para subir un objeto, tienes que tirar o halar hacia abajo la soga de la polea. Debido a la gravedad, es más fácil halar hacia abajo que hacia arriba.

# ¿Qué pueden hacer los robots?

Los robots pueden llevar a cabo diferentes tareas para ayudarnos. Pueden ir a lugares que son peligrosos para el ser humano, o hacer una tarea más rápida y fácilmente que las personas.

Los científicos especializados en robots usan las matemáticas, las ciencias y la creatividad para armar las partes físicas (*hardware*) y el código informático (*software*) que hace funcionar al robot.

## Exploración del espacio

Se han utilizado robots para explorar el espacio desde que se lanzaron los primeros satélites en 1957. El Voyager 1, un robot que lanzó Estados Unidos en 1977, fue el primer objeto hecho por el ser humano que salió de nuestro sistema solar, y continúa enviando información a la Administración Nacional de Aeronáutica y el Espacio (NASA, por sus siglas en inglés).

## Emergencias

Los robots pueden ir a lugares que resultan peligrosos para el ser humano, por eso los bomberos, policía y demás personal de emergencias a veces usan robots cuando necesitan ayuda o tienen que rescatar a alguien. Los robots hacen muchas cosas útiles: desde buscar a desaparecidos hasta rociar agua para apagar incendios.

# Manufactura

Los robots se usan para hacer muchas cosas, tales como automóviles y aviones. Los robots también se usan en almacenes para ayudar a las personas a empacar cajas de libros, juguetes y demás cosas que compra la gente.

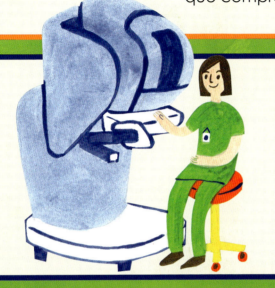

# Asistencia médica

Los robots quirúrgicos ayudan al cirujano a realizar incisiones muy pequeñas cuando opera a un paciente, y así el paciente siente menos dolor y se recupera más rápido. Los robots no pueden operar por sí mismos: el cirujano controla el robot con una cámara. También se emplean robots para repartir medicamentos en los hospitales.

# Tareas domésticas

Los robots pueden ayudar con las tareas como limpiar los pisos. Los robots aspiradores se desplazan solos, y al hacerlo van aspirando el polvo. Cuando el robot choca con algo, cambia de dirección. Repite ese proceso hasta terminar de limpiar el piso. ¿Con qué tareas podría ayudarte un robot?

# Educación y juego

Los robots también se utilizan en la enseñanza y el entretenimiento. Uno de los juguetes robóticos más famosos es Furby, que hizo historia en 1998 como el primer robot ampliamente comprado para uso en el hogar. ¿Juegas con robots en casa o en la escuela?

# Programación de robots

Los robots pueden realizar cosas asombrosas debido a su programación. Los científicos especializados en robots escriben programas informáticos que les dan instrucciones a los robots de lo que tienen que hacer.

Si pudieras programar un robot, ¿qué te gustaría que hiciera?

## Sentencias si… entonces

El código que hace funcionar a los robots suele usar sentencias si… entonces. Por ejemplo: "**Si** chocas con un objeto, **entonces** párate" o "**Si** ves un perro, **entonces** haz bip tres veces". Las sentencias si…entonces son instrucciones que les indican a los robots lo que deben hacer.

## Hardware y software

Los robots constan de *hardware* y *software*. El *hardware* es la parte del robot que ves y tocas, como el motor y los mecanismos. El *software* es la información e instrucciones que se le programan al robot. Si el *hardware* son las partes del cuerpo del robot, el *software* son los pensamientos en el cerebro del robot. Para crear el *software*, los científicos suelen escribir un código (**codificar**) en una computadora conectada al robot.

# ¡Juega a El científico dice!
## Un juego basado en Simón dice

## Infórmate sobre la programación

En este juego, verás qué significa ser programador… ¡y qué significa ser robot! Los robots realizarán las acciones que les manden los científicos. No necesitas una computadora, solo un amigo (¡o varios!).

### Lo que necesitas
- Al menos dos jugadores
- Un lugar seguro para moverse

### Cómo jugar
1. Elige un jugador para que haga de científico. Los otros jugadores harán de robots.

2. El científico se para enfrente de los robots y les da un mandato: **Si** yo _____, **entonces** ustedes _____. Por ejemplo: "**Si** yo doy una palmada, **entonces** ustedes zapateen".

3. Si algún robot no sigue el mandato, ¡queda eliminado! El científico sigue dando nuevos mandatos hasta que solo quede un robot. El último robot hará de científico en la siguiente ronda.

### Ideas para jugar
No hay límite en el tipo de acciones:
- Tocarse la nariz
- Menear las caderas
- Dar vueltas
- Ladrar como un perro

Recuerda que todos deben tener la oportunidad de hacer de científico. De ser posible, pide a un adulto que haga de robot para que le mandes a hacer cosas chistosas.

### ¿Quieres un mayor reto?

Una vez que domines lo básico, puedes incorporar cambios para que el juego sea emocionante y desafiante.

El científico puede pedirles a los robots que realicen acciones en la secuencia u orden que escojan. Por ejemplo: "Si yo grito '¡Hurra!', entonces ustedes salten alto y luego muevan los brazos". Añade una acción cada vez hasta que todos los robots hayan sido eliminados.